DIEGO
Rana-Pintor

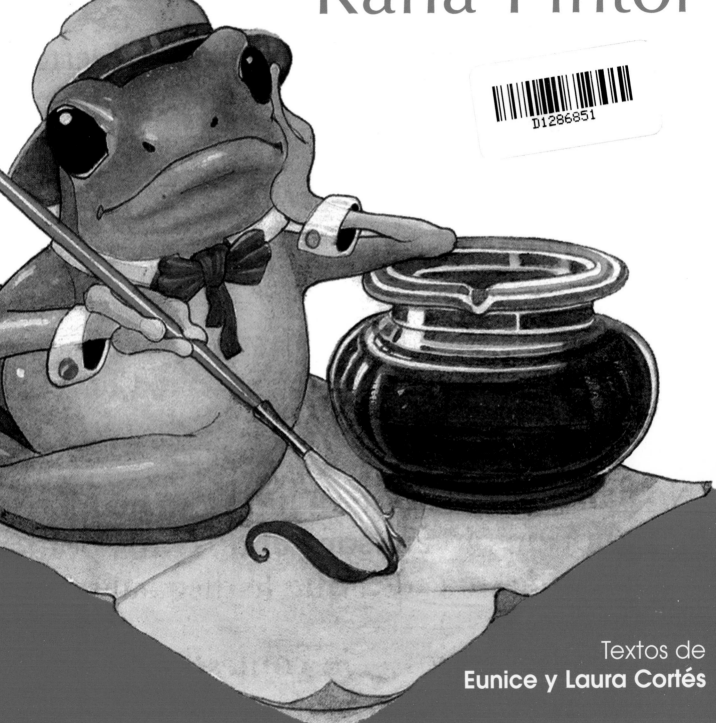

Textos de
Eunice y Laura Cortés

Ilustraciones de
Boris Pilatowsky

DIEGO RANA-PINTOR

© D.R. Del texto Eunice y Laura Cortés
© D.R. De las ilustraciones: Boris Pilatowsky
© D.R. De esta edición: 1999
   Aguilar, Altea, Taurus, Alfaguara S.A. de C.V.
   Av. Universidad 767 Col. Del Valle México, 03100, D.F.

Alfaguara es un sello editorial del grupo Santillana.
Éstas son sus sedes:

Argentina, Bolivia, Chile, Colombia, Costa Rica, Ecuador,
El Salvador, España, Estados Unidos, Guatemala, México,
Panamá, Perú, Puerto Rico, República Dominicana,
Uruguay y Venezuela.

Primera edición en Alfaguara: agosto de 1999

ISBN: 968-19-0604-7

Diseño y formación: Enrique Hernández López

Impreso en Colombia por Panamericana Formas e Impresos S.A.

Hoy sé que quien aspira a ser universal en su arte debe sembrar en su propio suelo. El gran arte es como un árbol que crece en un lugar determinado y tiene su tronco, sus hojas, sus retoños, sus ramas, sus frutas y sus raíces propios. Cuanto más nativo es el arte más pertenece al mundo entero, porque el arte está arraigado en la Naturaleza. Cuando el arte es verdad, es uno con la Naturaleza... El secreto de mi mejor trabajo es que es mexicano.

Diego Rivera

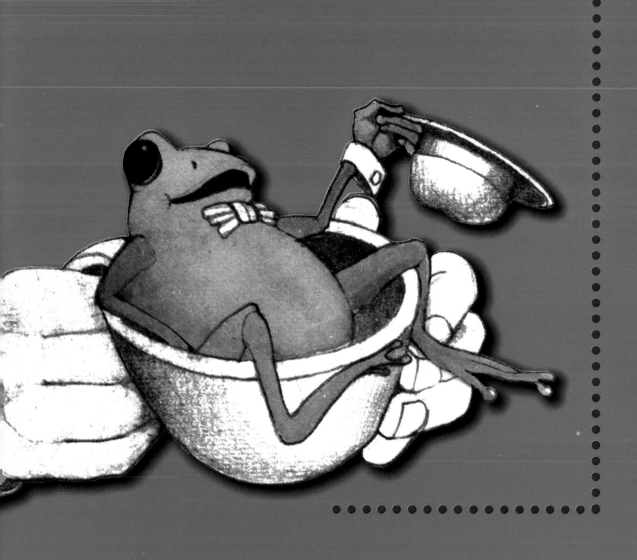

PRESENTACIÓN

· ·

En 1886 nació en la ciudad de Guanajuato uno de los artistas mexicanos más importantes de los últimos tiempos: el pintor Diego Rivera, cuyo talento ha sido reconocido por el mundo entero. Su vida tiene mucho de cuento y de leyenda. Su obra artística, en cambio, es una gran verdad que mucho nos enseña a todos, niños y adultos.

El genio de Rivera plasmó en muros, lienzos, construcciones y libros, imágenes que ilustran la vida y aspiraciones del pueblo mexicano. La suya fue una vocación artística de profundo sentido humanista, inspirada en su auténtica preocupación por las desigualdades sociales. La magnitud y excelencia de su obra es resultado no sólo de su talento, sino sobre todo de un empeño infatigable, de un gran esfuerzo y de la constancia de su oficio.

Este libro fue preparado para que los niños se acerquen a la vida y obra de Diego Rivera. Contiene un cuento basado en la vida de Diego, una nota biográfica, un glosario para consultar palabras difíciles, una guía general de su obra mural, así como ilustraciones que recogen algunos de los personajes de sus pinturas. Las palabras que en el texto aparecen en negritas remiten al Glosario.

Guanajuato y el monte fueron los primeros hogares de Diego-rana

"Es curioso que casi todas las personas a quienes más quiero me comparen con una rana, porque el nombre de la ciudad de Guanajuato, donde nací, quiere decir *muchas ranas que cantan en el agua.*" Así pensaba Diego, el niño-rana.

La ciudad de Guanajuato y el monte fueron los dos primeros hogares de Diego. Las imágenes que allí vio, sus colores y el reflejo de su luz se quedaron grabados muy hondo en su memoria.

Un día, sentado sobre sus piernas, miraba Diego-rana hacia las estrellas tratando de comprender las palabras de su nana Antonia, una indígena **tarasca** que lo cuidaba de pequeño:

—Obsérvalas, Dieguito. Fíjate cómo tienen que ver unas con las otras. No son como granos de maíz aventados por casualidad. Están bien compuestas. Son amigas unas de las otras. Si

Por las callejuelas angostas y empedradas de Guanajuato...

aprendemos a mirarlas, pueden enseñarnos cantidad de cosas sobre nosotros, sobre la tierra que pisamos. Mostrarnos todos los caminos del mundo.

En aquella época todavía no se hacían viajes al espacio, no se habían inventado las naves espaciales, pero podían mirarse sin esfuerzo alguno gran cantidad de estrellas iluminando el cielo. A Diego le encantaba mirar las estrellas.

Diego vivía desde hacía un año en una casa en el monte con su nana Antonia, cuidando de su cabra y paseando por el bosque. Creció fuerte y sano como muchos animalitos de los alrededores, a los que aprendió a llamar por su nombre. A él lo llamaban Diego-rana.

Cuando volvió a Guanajuato, donde había nacido, todo le pareció diferente. La ciudad, encajonada en una estrecha **cañada**, era como una olla resplandeciente bañada de sol, salpicada de techos planos de colores. Todo era subir y bajar por callejuelas angostas y empedradas. Un verdadero reto para espíritus exploradores. Diego, en cambio, era una rana gorda que prefería volar con la imaginación y viajar con los ojos. Así conoció las colinas, que brillaban como espejos de plata durante las noches de luna clara. También supo que los túneles de las minas se hunden a grandes profundidades: Guanajuato era una ciudad minera.

Este paisaje le resultaba nuevo a Diego-rana. Todo parecía estar muy apretado con tantas y tantas construcciones que se encimaban unas sobre otras. Casas, iglesias, puentes, túneles, escalinatas, fuentes, plazas y plazuelas. En algunos lugares se estrechaban tanto que uno podía salir al propio balcón y saludar de mano a su vecino de la casa de enfrente sin que ninguno tuviera que molestarse en salir a la calle. Como en el Callejón del Beso, que es famoso.

Finalmente... ¡los colores!... Azules, amarillos, blancos, rojos y verdes. Los colores de las flores y las frutas, los colores de los granos y de las verduras. Y, sobre todo, las **enaguas** de las mujeres que iban y venían sin detenerse.

Esta combinación de formas, colores y sombras habría de ser dibujada por este niño-rana el día que se convirtiera en pintor.

Por ahora sólo dibujaba trenes. Le entusiasmaba ir a la estación de ferrocarriles y quedarse durante horas observando las máquinas. Ya de broma le decían "El ingeniero".

A Diego-rana le gustaba dibujar trenes

Al principio, Diego-rana se apoderó de cuanto papel encontró en su casa. Invadió cuadernos, **garrapateó** al reverso de cartas y recibos. Finalmente pasó a los muros y a los muebles, **pintarrajeándolos** por todas partes. Para impedir la destrucción de la casa, su padre destinó un cuarto especial para él solo. Recubrió el piso y las paredes de hule negro para que le sirvieran como gigantesco pizarrón y le obsequió una gran cantidad de gises y lápices de colores.

Diego estaba feliz. Pasaba horas echado de barriga sobre el suelo rodeado de sus dibujos. Su imaginación no tenía fin. Animales, soldados, montañas y minas ocupaban sus dibujos. Pero su motivo favorito eran las locomotoras y los trenes.

No hacía otra cosa que dibujar, siempre en compañía de su perico y de Melesio. Melesio era el sobrino de la nana Antonia, un muchacho indígena que permanecía en absoluta quietud sen-

Los aluritatas flotaban en el aire mientras
Diego-rana dibujaba.

tado en un rincón, de cuclillas, con los brazos cruzados sobre las rodillas y la cara oculta bajo el enorme sombrero de paja. Algunas veces también lo visitaban unos seres extraños e imaginarios a los que Diego había bautizado con el nombre de "aluritatas". Los aluritatas flotaban en el aire mientras Diego, concentrado, dibujaba. ¡Quién necesita salir a correr para encontrar un modo de divertirse!

Este pequeño niño-rana soñaba con llegar a ser pintor, pero iban a sucederle muchas cosas antes de que pudiera lograrlo. Su vida habría de llevarlo a muchas partes. En eso se parecía muy poco a las ranas, que viven felices sin salir de sus charcas. Por lo pronto Diego hizo su segundo viaje: se fue con sus padres a vivir a la Ciudad de México.

Diego-rana pintaba trenes que luego conducía.

Diego-rana viaja a la Ciudad de México

La capital. ¡Qué gran desilusión fue para Diego la primera visión que tuvo de la Ciudad de México!

Por aquellos años, a comienzos del siglo xx, la vista resultaba un poco monótona y aburrida para la curiosa ranita. Las calles eran rectas y anchas, con dos hileras de casas formadas a cada lado que parecían huir a lo lejos, siempre iguales, hasta perderse de vista. Todo era plano y chaparro, oscuro y gris. Diego echaba de menos el paisaje colorido y las minas con sus mineros. En su nueva casa, que era más pequeña, no tenía un cuarto especial para él.

Diego-rana se puso muy triste y dejó de dibujar. Finalmente cayó enfermo.

Durante su enfermedad, Diego se entretuvo mirando dentro de los baúles de su casa. Estaban repletos de variados objetos de arte popular mexicano: bordados, esculturas de cerámica, pe-

queñas tallas de madera, minúsculas reproduc-
ciones en barro de ollas y cazuelas, mesas y sillas.
Estas cosas eran muy bonitas ¡y tan baratas!

A La Merced llegaba todo lo que comían
los capitalinos: legumbres, fruta, pescados...

Poco a poco comenzó a recuperarse. Después de
todo, podía encontrar cosas interesantes en México. Todo era cosa de saber mirar, como le enseñó
la nana Antonia, y luego ¡a echar a volar la imaginación!

Le empezó a encontrar gusto a la Ciudad de
México conforme caminaba por sus diferentes rum-
bos buscando descubrir plazas, edificios antiguos,
interiores de **vecindades** y canales.

La ranita Diego se entretenía muchísimo en las excavaciones del drenaje. Algunos **arqueólogos** aprovechaban ese trabajo para examinar la tierra y descubrir **tepalcates** antiguos. Diego les ayudaba en su búsqueda y como premio le regalaban alguna de esas figurillas **prehispánicas**, que se llevaba a casa como valioso tesoro.

También le gustaba pasear por el Mercado del Volador, que se encontraba en el mero centro de la Ciudad. Nada faltaba allí: se vendía desde un alfiler hasta la ropa más elegante de México. Alfarería de todas las regiones, cestería de cuerdas, sombreros de palma, rebozos de colores, huaraches, zapatos, pieles, sarapes, jorongos, **huipiles**, **percales**, lozas, candelabros, ollas de barro para tamales y **nixtamal**, antigüedades y hasta ropa vieja.

Cuando le daba hambre, para acompañar al placer de la vista no había nada mejor que dejar al gusto y al olfato deleitarse en el Mercado de la Merced, a unas cuantas cuadras de allí. A La Merced llegaba todo lo que comían los capitalinos: legumbres, fruta, pescados, conejos, patos, **chichicuilotes**, dulces y también leña y flores. Enormes cerros de flores entraban a la capital por sus canales.

Pasear por El Volador y por La Merced se convertía en verdadera fiesta para los sentidos y en el mejor pretexto para imaginar y soñar, para disfrutar y familiarizarse con su nuevo hogar. Conforme su salud y su ánimo se restablecieron, la contenta ranita volvió a dibujar.

¡Qué ganas de dejar de ser un niño-rana para
convertirse en rana-pintor!

El intenso deseo del niño Diego de estudiar pintura

Poco a poco se fue haciendo más fuerte en Diego el deseo de estudiar pintura, así que un buen día habló con su padre sobre el asunto.

—Papá, ya has visto cuánto me felicitan en la escuela por mis dibujos. Mis maestros y mis amigos me han dicho que puedo llegar a ser un buen dibujante. Y la verdad, papacito, ¡el dibujo me gusta muchísimo! ¿Me das permiso de que me inscriba en la Academia de San Carlos para tomar clases de pintura?

No había terminado de hablar y ya notaba que el rostro de su padre, al principio tan sonriente, se iba poniendo serio, como si se tratara de una idea que le disgustara profundamente.

—¡Pero, hijo! —le contestó tratando de controlar su agitación—. ¿No habíamos quedado

que después de la primaria te inscribirías al Colegio Militar?
—Sí, papá, pero...

Diego se interrumpió porque en ese momento entró su madre, que venía de la cocina.

—A ver, consúltalo con tu madre para ver qué es lo que opina de todo esto.

La madre de Diego se dirigió a su esposo en tono de súplica:

—¡Déjalo que vaya a la Academia! Si en verdad siente tanta vocación por el dibujo, es posible que llegue a ser un buen arquitecto o a lo mejor un buen pintor. Podría ir por las noches para no distraerse de sus estudios escolares.

El papá de Diego-rana no contestó por el momento. Madre e hijo pensaron que habían logrado convencerlo. Sin embargo, volvió a enfurecerse y levantándose de su asiento exclamó:

—¡Nada más eso nos faltaba! ¿No sabes tú, criatura, que los artistas se mueren de hambre? ¡Qué es eso de que quieres ser pintor! ¡Usted tiene que ser un valiente militar, como lo fueron sus abuelos!
—¡Pero, papá...!
—Nada de réplicas. Usted tiene que ir al Colegio Militar, cueste lo que cueste.

—Sí, papá. Así lo haré.

La ranita no pensaba cumplir su ofrecimiento. Más que un hijo obediente, ansiaba ser un pintor. Así que al día siguiente fue a la Academia de San Carlos para inscribirse. Fue aceptado temporalmente porque no llevaba papeles. Al regresar a su casa, aprovechó la ausencia de su papá para hablar con su madre:

—Mamá, ¡acabo de inscribirme en la Academia de San Carlos! Tuve que mentir y aumentarme la edad porque de otro modo no me hubieran admitido... Por favor, mamita, tienes que ayudarme. Primero a convencer a mi papá para que no se enoje por lo que hice, y después... ¡necesito que me acompañes a la Academia para que me acepten definitivamente!

La mamá de Diego aceptó y esa noche convenció a su esposo con la ayuda del propio Diego, quien, al hablar de dibujar o de convertirse en pintor, iluminaba sus palabras con una franca sonrisa y un destello de belleza en sus ojos saltones de rana.

El niño-rana descubre el taller de Posada

La Academia de Bellas Artes de San Carlos no era una escuela común y corriente, no. Se trataba de una escuela para artistas. ¡Y hay que ver lo que son los artistas! Están más interesados en encontrar la belleza de las proporciones —ese misterioso secreto— que en comprar dulces o en ir de vacaciones.

Los artistas siempre son así. Llevan dentro una especie de sueño que los empuja a buscar el modo de convertirlo en realidad. No pueden ni quieren renunciar a su sueño porque sienten que ese sueño es más importante, mucho más importante, que todo lo demás.

En todas las sociedades y en todos los tiempos ha habido artistas. Por fortuna para todos. Porque los sueños de los artistas, cuando logran convertirse en realidad, iluminan con su belleza la vida de los demás.

No todos los artistas asisten a escuelas de arte para estudiar. Diego-rana había conocido ya a un gran artista, un **grabador**, a quien des-

Diego conoció las calaveras catrinas del grabador Posada
cuando apenas era un niño-rana.

cubrió trabajando en su taller durante sus caminatas por las calles de la Ciudad de México.

En la antigua calle de Moneda, José Guadalupe Posada tenía su modesto taller. Posada pasaba allí la mayor parte del tiempo haciendo grabados para ilustrar canciones, chistes y cuentos sobre la vida del pueblo. Los imprimía en hojas de papel de china de diferentes colores. Sus dibujos eran graciosos y chuscos y le gustaban a la gente.

Posada sentía particular inclinación por dibujar calaveras, como las que se usan en México para celebrar el 2 de noviembre, el Día de Muertos, pero él las vestía como campesinas o como señoras ricas a las que llamaba "catrinas". Era un hombre del pueblo y sabía reírse de la vida. Era un verdadero artista.

Cuando Diego visitaba a Posada, él era apenas un niño-rana y no sabía que muy pronto también se convertiría en un artista, en una rana-pintor.

25

Diego se inicia
en el secreto mágico
del arte

Por aquella época, los alumnos de San Carlos, y sobre todo los maestros, eran gente muy especial.

En la Academia de Bellas Artes de San Carlos daba clases, por ejemplo, José María Velasco. Velasco estaba seguro de que para retratar mejor un paisaje, uno debe alejarse lo más que pueda, porque desde lejos las cosas se ven mejor. Eso sonaba al principio un poco extraño porque casi todos pensamos que para ver mejor una cosa tenemos que acercarnos a mirarla. Sin embargo, José María Velasco tenía razón. Sus paisajes son algunos de los más hermosos cuadros que ahora pueden verse en diferentes museos del mundo.

También era maestro Félix Parra, otro que como la rana-Diego sentía pasión por el arte indígena de nuestro pueblo, los tepalcates y las piezas arqueológicas.

27

"Recuerda que el secreto de nuestro arte
es magia, sólo magia..."

Santiago Rebull, tercer gran maestro de Diego, era un hombre que andaba por los setenta años, delgado, con la barba casi blanca. Anunciaba su llegada con el inconfundible sonido de su tos y el toc-toc que hacían sus muletas al caminar.

Cierta tarde, en la clase de dibujo al desnudo, don Santiago Rebull se acercó a Diego-rana y le dijo mirando su trabajo:

—Observo en tu dibujo, Diego, que todavía tienes dudas, que no eres muy firme en tu camino. Tienes temor de lo que descubres y, si quieres llegar a ser un pintor, tienes que superarlo. Haz lo que verdaderamente te guste. Haz lo que imaginas. No sientas miedo. Recuerda que el secreto de nuestro arte es magia, sólo magia...

Con el corazón palpitando más fuerte que de costumbre, Diego siguió a su maestro hasta su estudio, donde había un escritorio lleno de papeles, libros, grabados, periódicos, revistas viejísimas, cartas y fotografías, **bocetos** y dibujos que colgaban de las paredes y, sobre el **caballete**, una pintura que don Santiago no había terminado.

—Te gusta la pintura —dijo el maestro Rebull a Diego—. Te interesas por la imagen y el movimiento de la vida... Bueno, vamos a ver... Voy a enseñarte a amar las formas puras y los colores primarios, que son el primer paso firme por el

29

sendero de nuestra magia. Las formas puras son el cilindro, el cono y la esfera. Los colores primarios son el rojo, el amarillo y el azul, tal como nos lo muestra el arco iris... Debes aprender a descubrir esas formas y esos colores en la Naturaleza. Siempre están presentes, aunque a veces un poco disimulados para confundir a los que nada saben de nuestra magia. Luego que hayas aprendido a descubrirlos donde quiera que se encuentren, trata de combinarlos en relaciones armónicas. Recuerda bien lo que te digo. Tienen que ser relaciones armónicas. Como la del Sol con los planetas, la de las moléculas con sus átomos, la del árbol con sus ramas. Todas las cosas guardan relación entre ellas...

Aquellas palabras del maestro Rebull que iniciaban a Diego en el secreto mágico del arte recordaron a la ranita las primeras lecciones tomadas con la nana Antonia sobre la disposición de las estrellas en el cielo. "No son como granos de maíz aventados por casualidad: son amigas unas de otras", le había dicho Antonia. "Son armónicas", pensó Diego.

Al verlo tan pensativo, Santiago Rebull dijo a Diego-rana:

—Desde hace muchos años, los hombres han tratado de penetrar el misterio del universo y lo han ido descubriendo poco a poco.

Conforme el maestro hablaba, Diego se iba quedando sin aliento.

Finalmente, con un poco de tristeza pero sin dejar de mirarlo fijamente a los ojos, don Santiago Rebull dijo al pequeño niño-rana:

—Los que esperamos que nos entiendan mejor, nunca entienden. Aquéllos para quienes pintamos, tampoco entienden. Sin embargo, eso no debe detenerte ni desanimarte... Como tú de mí, yo recibí de mi maestro la llave que acabo de entregarte... Entiéndelo bien: nadie te enseñará la dirección correcta. Solo, tendrás que resistir la pereza, el miedo, la vanidad y la tentación de todo aquello que pueda detenerte o desviarte de tu camino... La llave del secreto no te pertenece. No es de ninguno de nosotros. No es de nadie... —y levantando la mano hacia el espacio, añadió—: Es de todos y está en todas partes...

Santiago Rebull se enfermó unas semanas más tarde y murió. Entre los pocos que asistieron al entierro estaba Diego. Al despedirse de su querido maestro, le dijo en silencio: "¡Adiós! ¡Trabajaré todo cuanto pueda!"

Las extrañas palabras que Santiago Rebull dijo a Diego quedaron grabadas en su mente. Había una gran verdad encerrada en todo eso y Diego se dispuso a descubrirla. Sólo los niños, los artistas y por supuesto las ranas saben comprender la importancia de estos secretos.

Diego-rana en barco rumbo a Europa,
a tierra desconocida.

Diego-rana viaja
a Europa en barco

Con ayuda de su nuevo maestro, Gerardo Murillo, a quien llamaban el Doctor **Atl**, Diego montó una exposición con sus propios dibujos y sus primeros paisajes.

El Doctor Atl, que había viajado por medio mundo, estaba recién llegado a México y gustaba mucho a sus alumnos de San Carlos porque era un hombre infatigable y entusiasta que contaba aventuras extraordinarias sobre sus maravillosos viajes. Con la ayuda del Doctor Atl, Diego-rana logró vender todos sus cuadros y con ese dinero pagó su pasaje en barco rumbo a Europa, la tierra desconocida.

Durante los veinte días que viajó a bordo del barco de vapor *Alfonso XIII*, la ranita fue sintiendo cómo la dominaba un extraño sentimiento. Sabía que aún le quedaba mucho por aprender, pero tenía la seguridad de que algo muy importante estaba a punto de sucederle.

Al amanecer de un día 6 de enero, Diego llegó a España. A pesar de toda la emoción que experimentaba, se sintió un extranjero. Todos hablaban su mismo idioma y sin embargo ¡qué difícil resultaba, por momentos, entender lo que decían los españoles, con sus eses silbadas, su cecear constante y sus zetas pronunciadas fuertemente!

En España hizo dos grandes amigos: los Ramones. Los dos, notables escritores. Ramón Gómez de la Serna ya había publicado varios libros. Ramón del Valle Inclán sabía contar historias y maravillaba a los oyentes con sus relatos, aunque nadie sabía hasta dónde eran verdad y hasta dónde eran mentira. Sin embargo, Diego lo buscaba para deleitarse con su imaginación de excelente escritor.

Contaba Ramón del Valle Inclán, por ejemplo, cómo había perdido el brazo durante una pelea en México, al desafiar a un popular bandolero:

—Sacamos los sables, los caballos se encabritaron y comenzó la lucha. Logré dar muerte al bandido aquel que tanto daño había causado a la región. Pero cuando quise montar de nuevo, noté que mi brazo no me obedecía. Vi con asombro que lo había perdido: se encontraba tirado cerca de un maguey y servía de comida a unos cuantos **zopilotes**... Diego, tú que eres mexicano, explícales a los compañeros qué cosa son los zopilotes...

Entre amigos e historias, la ranita continuaba buscando el secreto de la pintura y el arte. Pintaba desde temprano al amanecer y muchas veces hasta pasada la medianoche. Todos los días visitaba el famoso Museo del Prado, en Madrid, donde miraba largo rato las obras maestras de sus pintores españoles preferidos: Goya, Velázquez y El Greco.

Fue en el Museo del Prado donde Diego-rana conoció a su amiga María Blanchard, quien era, como él, estudiante de pintura. María era talentosa y despierta. De niña había sufrido un accidente del que resultó jorobada para toda la vida y muy baja de estatura. Sin embargo, tenía una hermosa e inteligente cabeza, con grandes y luminosos ojos negros. Su rostro, sus femeninas manos, su amabilidad y su delicadeza hacían de esta extraña figura un ser extraordinario que despertaba la admiración de todos los que la conocían.

Al lado del cuerpo gordo de Diego-rana, María se veía aún más chiquita. Caminando juntos, parecían un enorme y pesado sapo al lado de una ágil y pequeña **tarántula**.

Diego dibujaba, pintaba y estudiaba sin descanso. Sin embargo, se sentía inconforme con los cuadros que terminaba. Tenía la sensación de que faltaba algo. Había ido a Europa con la intención de hacer funcionar la llave para abrir la puerta mágica y aún no lo había logrado. Tal vez debía continuar su viaje un poco más hacia el Norte, más allá de las montañas...

Así que se puso en marcha.

Las esferas, los cilindros y los cubos
se paseaban por todos lados...

Diego-rana se transforma en una rana-pintor

Cuando llegó a París, los ojos de por sí saltones de Diego-rana casi se salieron de sus órbitas. ¡Algo extraño estaba ocurriendo! Los cuadrados y los círculos, los rectángulos y los cubos se paseaban muy quitados de la pena por todos lados. Incluso se entremezclaban con los rostros y la ropa de las personas.

Diego se sentó en un café y se quedó mirando atentamente a la mujer que estaba sentada al lado. Su rostro era un óvalo. Los dedos de sus manos, pequeños rectángulos; el chongo de su peinado, una esfera. Como la mujer sintió que la miraban, se volteó hacia otro lado. En ese momento las figuras que formaban su cuerpo se movieron lentamente hasta reacomodarse en un nuevo mosaico... como esas formas caprichosas que se ven en el interior de un **caleidoscopio**.

Lo mismo ocurría con la fruta, el pan y las botellas... Todo el paisaje estaba formado por conos azules, cilindros rojos, esferas amarillas.

¿Qué es lo que estaba sucediendo? ¿Era su imaginación solamente o...? Ni siquiera se atrevía a pensarlo. Para asegurarse, buscó un espejo... No era posible que también él mismo hubiera cambiado de repente, así que alzó los ojos... ¡y no pudo creer lo que miraba!

El pequeño niño-rana se había transformado por completo en una rana-pintor. ¡Hasta le había crecido la barba!

Se puso contentísimo y salió a la calle nuevamente. Su maestro Rebull no se había equivocado. Allí estaban las formas puras y los colores primarios. ¡Había encontrado el modo de utilizar la llave del secreto, la magia estaba operando! Al fin comprendió lo que pasaba: todo lo que veía era un simple reflejo de su visión de artista.

Diego-rana-pintor decidió quedarse a vivir en París y fue allí donde se hizo **cubista**.

A París llegaban estudiantes de arte de todo el mundo. Pronto Diego-pintor tuvo amigos de diferentes nacionalidades. Acostumbraban reunirse en el café a platicar sobre pintura, poesía y política. Todos eran bastante pobres y tenían que ayudarse unos a otros para poder seguir dedicándose al arte.

Modigliani era un italiano elegante y guapo. Había venido a París con pocos ahorros que se le terminaron demasiado pronto. Era el más pobre de todos. Para comer hacía retratos en los parques y en los cafés y los vendía por cualquier cosa. Sus amigos lo llamaban Modi.

Ilya escribía en ruso y en francés. Firmaba sus poemas con su apellido, que era muy difícil de pronunciar: Ehrenburg. Diego-pintor ilustraba con pequeños dibujos algunos de los poemas de su amigo ruso.

Pablo Picasso era el único, entre todos ellos, que ya comenzaba a ser famoso. Pablo era español y fue quien inventó el cubismo, ese modo de pintar que resalta las figuras geométricas de rostros, paisajes y cosas. Cuando Diego iba a su taller, pasaba horas enteras viendo cómo Pablo calcaba una y otra y otra vez el mismo dibujo hasta que alguno le parecía perfecto y entonces lo pintaba.

La vida de Diego-pintor, como la de tanta gente, cambió bruscamente al comenzar la Primera Guerra Mundial. Los amigos tuvieron que separarse. Algunos regresaron a su país, otros fueron enviados a pelear al frente de batalla. Los alimentos eran pocos y hacía mucho frío. La gente estaba preocupada por conseguir comida y carbón para calentar sus casas. Así, Diego-pintor decidió volver a México.

En el viaje de regreso se detuvo un tiempo en Italia para mirar con sus propios ojos lo que ya le habían contado. En las paredes y los techos de las iglesias y de algunas casas, los antiguos italianos habían pintado retratos de ángeles y demonios. Parecía que ellos sí entendían para qué se pintan las paredes. Él lo había hecho desde pequeño, cuando era un niño-rana, en su casa de Guanajuato... ¡Y francamente cada vez tenía más ganas de volver a hacerlo!

Sí. ¡Eso es lo que haría al llegar a México! Pensándolo bien, también los antiguos mexicanos, como los mayas y los nahuas, pintaban los muros de sus pirámides. ¿Quién le había contado todo eso?

Diego, ya convertido en rana-pintor, regresó a México para hacer sus murales.

También los antiguos mexicanos, como los mayas y los nahuas, pintaban los muros de sus pirámides.

Diego-rana-pintor realiza sus sueños

¡Cómo había extrañado su país! Hasta ahora se daba cuenta.

La luz era mucho más clara que en Europa y sus enormes ojos saltones de rana tardaron en acostumbrarse... ¡Qué colores tan brillantes! El campo era más verde y los atardeceres le parecieron una hermosa combinación de rojos, naranjas, amarillos y **ocres**. Por primera vez notó lo blancos que son los **alcatraces**.

Y los niños, tan morenos. ¡Nada de palideces! Sus caritas redondas y sonrientes llamaron fuertemente la atención de la rana-pintor. ¡Qué guapos le parecieron estos niños mexicanos! El propio Diego, unas semanas más tarde, había vuelto a curtir su piel bajo el intenso sol de México y también se rasuró la barba.

Por aquel entonces era ministro de Educación un señor llamado José Vasconcelos, quien invitó a Diego a pintar los murales de algunos edificios públicos. Él aceptó encantado. ¡Al fin los sueños de la rana-pintor iban a convertirse en realidad!

Subido al andamio, Diego pintó
todos sus recuerdos sobre las paredes.

Por la noche, Diego no podía dormir con tantas emociones. Acababa de volver a su país y, al reencuentro con sus brillantes colores, con su gente, con sus recuerdos infantiles, ahora se sumaba la impaciencia por pintar como nunca lo había hecho: en México, para los mexicanos y sobre espaciosos muros que todos podrían mirar con sólo pasear un poco.

Muy temprano al día siguiente, la ranita brincó de la cama. Tomó varios botes de pintura, brochas y pinceles y se marchó directamente a cumplir su tarea.

Allí lo esperaban ya instalados los **andamios** y las interminables paredes blancas de los pasillos.

Diego se paró frente al primer muro y entonces comenzaron a desfilar por su mente todas las imágenes queridas de su vida. Allí estaba el monte, los animales y las casas de la gente pobre. Allí estaba Guanajuato con sus mineros, las enaguas de las mujeres y los indígenas como su nana Antonia y Melesio. También estaban los mercados de la Ciudad de México, con sus flores, sus frutas y sus artesanías. Las fiestas del pueblo y las calaveras que dibujaba el grabador Posada. Sus maestros y todos los maestros de México enseñando a los niños. Por supuesto también estaban presentes las figuras geométricas de su época cubista. Pero, sobre todo, Diego-pintor veía a la gente: los hermosos niños mexicanos con sus caritas morenas y sonrientes, también los héroes de México y los campesinos, sus amigos... ¡La gente del pueblo!

Se propuso plasmar para siempre esos re-cuerdos en las paredes del edificio. Su magia iba a servir para eso. Estaba muy contento. Desde que era un niño-rana le había gustado pintar paredes. Hoy lo hacía en un edificio en el que todos los niños podrían ver sus dibujos y compartirlos con él: el edificio de la Secretaría de Educación Pública, en la capital de la República Mexicana.

Tomó la brocha, la hundió en el bote de pintura... Y entonces ocurrió la última de las transformaciones: la rana-pintor se convirtió en un alto, gordo, enorme y extraordinario muralista.

Diego Rivera y Frida Kahlo.

Diego Rivera existió de verdad. Es el pintor mexicano más importante de todos los tiempos. Junto con José Clemente Orozco y David Alfaro Siqueiros, convirtió el muralismo mexicano en un arte que todo el pueblo y la gente de todos los países puede seguir admirando.

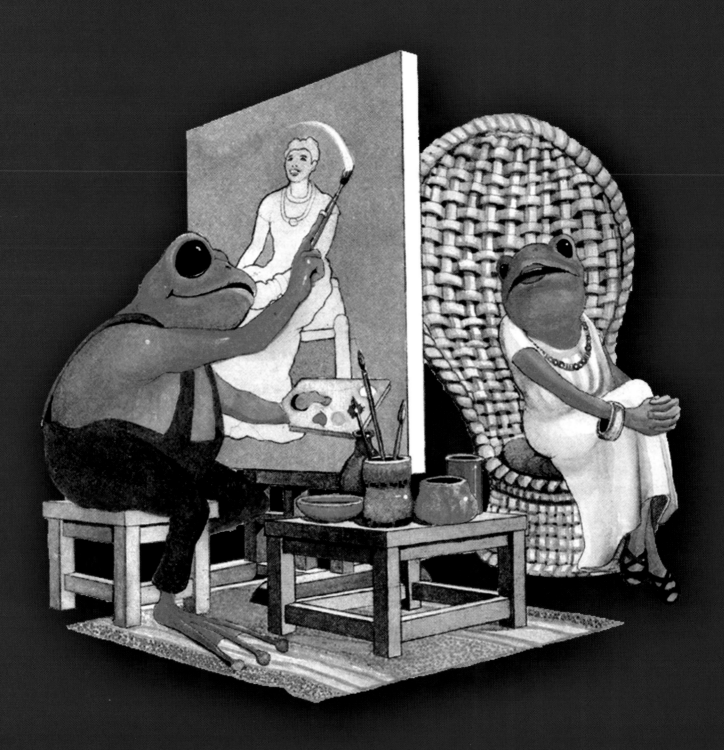

Diego-rana también hizo pintura de caballete:
retratos y paisajes.

Nota biográfica

• • • • • • • • • • • • • •

 Diego Rivera nació en la ciudad de Guanajuato, México, el 8 de diciembre de 1886.

 Estudió en la Academia de Bellas Artes de San Carlos de 1896 a 1904.

 Becado por el gobierno de Veracruz, se fue a estudiar a Europa, donde permaneció de 1907 a 1910 y de 1911 a 1921.

 Regresó a México por un breve periodo, en 1910, con motivo de la Revolución Mexicana.

 Se unió a la pintora rusa Angelina Beloff en París, en 1911, con quien vivió durante diez años.

 Ya en México, en 1921, se dedicó a pintar murales en distintos edificios públicos. Hizo pintura de caballete: retratos, paisajes y dibujos. Ilustró libros.

 Se casó en 1922 con Lupe Marín y con ella tuvo dos hijas, Lupe y Ruth. Se divorciaron en 1928.

 Se casó con la pintora mexicana Frida Kahlo en 1929. Vivieron juntos hasta la muerte de ella, en 1954.

Viajó a Estados Unidos en varias ocasiones y pintó murales en las ciudades de San Francisco, Detroit y Nueva York.

Viajó dos veces a la Unión Soviética: con motivo del décimo aniversario de la Revolución de Octubre y un poco antes de su muerte.

Diseñó y construyó el Anahuacalli, museo dedicado a exponer su colección de arte prehispánico, que regaló al pueblo de México.

En 1949 recibió un homenaje nacional en el Palacio de Bellas Artes, de la Ciudad de México, con el que se celebraron los cincuenta años de su vida artística.

Se casó con Emma Hurtado en 1955.

Murió de cáncer a los setenta años de edad, el 24 de noviembre de 1957, después de una intensa vida y de haber realizado una extensa y valiosa obra de arte.

Glosario

● ● ● ● ● ● ● ● ● ● ● ● ● ● ● ●

● ● ● ● **alcatraz** Flor blanca en forma de cono, con un centro amarillo, de tallo grueso y largo, que Diego Rivera utilizó en innumerables ocasiones como motivo de sus pinturas.

● ● ● ● **andamios** Tablones o vigas apoyados en soportes que sirven para que una persona pueda subirse a pintar largos muros.

● ● ● ● **arqueólogo** Persona que estudia las obras de arte y los monumentos de la antigüedad.

● ● ● ● **atl** Palabra náhuatl que significa agua. Gerardo Murillo adoptó el nombre de Doctor Atl para firmar sus cuadros y escritos.

● ● ● ● **bocetos** Trazos iniciales que sirven de guía para hacer un dibujo definitivo.

● ● ● ● **caballete** Soporte de madera que utilizan los pintores para apoyar el cuadro que están pintando.

● ● ● ● **caleidoscopio** Tubo cuyo interior está pintado en negro que contiene tres espejos y figuras irregulares de varios colores. Las imágenes de las figuras se ven multiplicadas simétricamente al hacer girar el tubo.

cañada

Espacio comprendido entre dos montes cercanos.

cubista

Pintor cuyos cuadros destacan la combinación de formas geométricas, como triángulos, rectángulos, cubos y esferas.

chichicuilote

Ave comestible de color gris que tiene cuerpo delgado y patitas tan largas como el cuerpo.

enagua

Prenda femenina de vivos colores que se usa a modo de falda.

garrapatear

Hacer rasgos caprichosos o mal trazados con el lápiz o la pluma.

grabador

Persona que se dedica al arte del grabado, que consiste en trazar figuras con una herramienta llamada buril en una lámina de metal o de madera para más tarde reproducir en papel esas figuras.

huipil

Camisa o túnica sin mangas con vistosos bordados de colores. Prenda de vestir tradicional que utilizan los indígenas, del mismo modo que los rebozos, sarapes, huaraches y jorongos.

nixtamal

Maíz medio cocido en agua de cal que al ser molido se convierte en masa para hacer tortillas.

ocre　Tierra amarilla que sirve para preparar colores. En pintura también se llama así al color amarillo oscuro.

percal　Tela de algodón blanca o pintada, más o menos fina pero muy barata.

pintarrajear　Manchar de cualquier manera alguna cosa con varios colores.

prehispánico　Todo aquello que surgió antes de que llegaran los españoles al continente americano.

tarántula　Araña velluda y venenosa que vive entre las piedras o en agujeros profundos.

tarasco　Grupo indígena originario del estado de Michoacán, en México.

tepalcates　Figurillas que los antiguos indígenas hacían con barro cocido.

vecindad　Conjunto de distintas viviendas que comparten un patio.

zopilote　Ave parecida al buitre, de menor tamaño, con la cabeza negra y sin plumas.

Guía general de la obra mural de Diego Rivera

· · · · · · · · · · · · · · ·

En México
En la Ciudad de México:

* **Secretaría de Educación Pública.**
Argentina No. 28, Centro Histórico

* **Palacio Nacional**
Plaza de la Constitución, Centro Histórico

* **Palacio de Bellas Artes**
Av. Juárez s/n, Centro Histórico

* **Plaza de La Solidaridad/Hotel del Prado**
Av. Juárez y Balderas, Col. Juárez.
El mural "Sueño de una tarde dominical en la Alameda Central" fue pintado originalmente en el interior del Hotel del Prado, que se vino abajo a causa de los sismos ocurridos en septiembre de 1985.

* **Anfiteatro Bolívar**
Justo Sierra No. 16, Centro Histórico

* **Cárcamo del Lerma**
Segunda sección del Bosque de Chapultepec

* **Centro Médico La Raza**
Calzada Vallejo y Avenida Jacarandas

* **Hospital Infantil de México**
Dr. Márquez No. 162, Col. Doctores

Instituto Nacional de Cardiología
Juan Badiano No. 1, Col. Sección 16, Tlalpan

Secretaría de Salud
Lieja No. 7, esq. Reforma, Col. Juárez

Teatro de los Insurgentes
Insurgentes Sur No. 1587, Col. San José Insurgentes

Estadio Olímpico Universitario
Insurgentes Sur s/n, Ciudad Universitaria

Universidad Autónoma de Chapingo
Kilómetro 38 1/2 de la carretera México-Texcoco

En Cuernavaca, Morelos:

Palacio de Cortés
Juárez e Hidalgo s/n, Centro

• • • • • • • • • • • • •

En los Estados Unidos de Norteamérica
En Detroit, Michigan:

The Detroit Institute of Arts
5200 Woodward Ave.

En San Francisco, California:

Pacific Stock Exchange Tower
Domicilio conocido

City College of San Francisco
Ocean Ave., esq. Geneva Ave.

En Nueva York, Nueva York:

* **Rockefeller Center**
30 Rockefeller Plaza (Destruido en 1934)

* **New Workers School**
Originalmente 21 páneles, trece de los cuales fueron destrui-
dos por un incendio en 1969; el resto forma parte de colec-
ciones privadas

En Berkeley, California:

* **University of California at Berkeley. Stern Hall**
Originalmente pintado para la residencia de la familia Stern,
en Atherton, California

54

Índice

• • • • • • • • • • • • • •

• • • • Guanajuato y el monte fueron
los primeros hogares de Diego-rana 7

• • • • A Diego-rana le gustaba dibujar trenes 11

• • • • Diego-rana viaja a la Ciudad de México 15

• • • • El intenso deseo del niño Diego
de estudiar pintura. 19

• • • • El niño-rana descubre el taller de Posada 23

• • • • Diego se inicia en el
secreto mágico del arte 27

• • • • Diego-rana viaja a Europa en barco 33

• • • • Diego-rana se transforma
en una rana-pintor 37

• • • • Diego-rana-pintor realiza sus sueños 41

• • • • Nota biográfica 47

• • • • Glosario 49

• • • • Guía general de la obra mural
de Diego Rivera 52